DES PRINCIPES

DE LA

MONARCHIE CONSTITUTIONNELLE,

ET DE LEUR APPLICATION

EN FRANCE ET EN ANGLETERRE.

PARIS.

LE NORMANT LIBRAIRE, RUE DE SEINE, N° 8.

MDCCCXX.

AVIS.

L'auteur de cet Ecrit a voulu garder l'anonyme, persuadé qu'aujourd'hui, les noms ont tout l'empire, ou toute la défaveur qui devroit être le partage de la vérité ou du mensonge ; et qu'il n'est si mince célébrité, ou si modeste existence, qui n'obtienne l'honneur d'exciter une prévention.

DES PRINCIPES

DE LA

MONARCHIE CONSTITUTIONNELLE.

CHAPITRE PREMIER.

Définition de la Monarchie constitutionnelle ; erreur dans laquelle on tombe communément à l'égard de l'Angleterre. Principe général des Monarchies.

La monarchie constitutionnelle est celle où le monarque, partageant avec son peuple la puissance de faire les lois, exerce en entier l'autorité qui se renferme dans leur exécution, et ne pourvoit aux dépenses publiques que du consentement de ses sujets.

Cette définition, que je crois exacte et complète, ne satisfera pas ceux qui, prenant la constitution de l'Angleterre pour l'unique type des monarchies constitutionnelles, regardent en outre comme appartenant à cette constitution toutes les institutions et tous les usages de la nation anglaise. Confondant ainsi des principes généraux avec des causes locales et accidentelles, ils se perdent dans la recherche d'une fausse théorie, loin du but que leur présente une plus juste observation des faits.

J'ai voulu indiquer ces erreurs et rétablir la vérité qu'elles altèrent. Le sujet que je traite ne recevra pas sans doute ici tous les développemens dont il seroit susceptible; mais mon dessein sera rempli, si, par quelques considérations nouvelles, j'ai fixé, sur les plus graves intérêts de mon pays, l'attention des hommes d'Etat.

Nous vivons sous une monarchie constitutionnelle différente, dans l'origine de ses lois et les résultats de son organisation sociale, de celle dont l'Angleterre nous offre le modèle. Les seuls principes constitutifs du gouvernement doivent être les mêmes dans les deux pays, conformément à la définition qui vient d'en être donnée. En France, comme en Angleterre, le Roi exerce, avec le concours de ses sujets, la puissance législative; en France, comme en Angleterre, tous les autres pouvoirs du gouvernement lui sont exclusivement remis; enfin, dans l'une et l'autre monarchie, les revenus de l'Etat ne se composent que des subsides votés par les corps représentatifs. Etendre plus loin le parallèle, seroit s'écarter de la réalité des faits, et outrepasser l'exacte application des principes. En effet, la division des trois branches de la puissance législative qui, comme il est facile de le démontrer, ne consiste que dans la combinaison des institutions monarchiques, avec les libertés nationales ; le jugement par *jury*, bien antérieur à toute constitution ; la responsabilité des ministres, conséquence nécessaire des limites posées à l'autorité royale ; enfin, la liberté de la presse, résultat de toutes les autres libertés, sont autant de points de doctrine constitutionnelle, indépendans des lois fondamentales de l'Etat. Mais je dois, avant tout, poser un principe qui n'est qu'implicitement contenu dans ceux que j'ai donnés pour base aux monarchies constitutionnelles ; c'est celui de la monarchie proprement dite. Montesquieu a pensé « que des pouvoirs intermédiaires subordonnés et dépendans constituoient la nature du gouvernement monarchique. » Je crois qu'il se seroit exprimé avec plus de justesse, surtout à l'égard de nos sociétés modernes, si, au lieu de pouvoirs, il eût parlé de *rangs* intermédiaires, et l'on entendroit mieux alors ce qu'il dit plus loin, que le *pouvoir intermédiaire subordonné* le plus naturel est la noblesse. Depuis long-temps la noblesse n'est plus un pouvoir dans la plupart des monarchies; mais elle n'en tient pas moins, comme rang intermédiaire, à la nature de ce gouvernement, où des distinctions héréditaires peuvent seules tempérer l'autorité souveraine, en rapprochant le prince de ses premiers sujets. Dans l'état actuel de la civilisation, la noblesse ne pourroit guère être à la fois un *rang* et un *pouvoir* que dans la monarchie constitutionnelle, ainsi que l'Angleterre nous en offre l'exemple; et cette analogie singulière entre les institutions du régime féodal et celles de la liberté, est une considération sur laquelle j'aurai probablement à revenir. Quoi qu'il en soit, le gouvernement, dont je cherche à établir les véritables principes, doit, en quelque pays qu'il soit adopté, remplir les conditions de la monarchie et celles de la monarchie constitutionnelle. Cette vérité, qui se reproduira sans cesse dans cet écrit, en annonce suffisamment le plan et l'objet.

CHAPITRE II.

Différente origine de la Monarchie constitutionnelle en France et en Angleterre. Effets de cette différence.

La constitution de l'Angleterre a été l'application lente et successive des principes de la monarchie aux progrès de la liberté ; notre Charte française a été l'alliance spontanée de la liberté qu'on avoit cherchée, et de la monarchie qu'on avoit détruite. La première est fondée sur l'action des droits et des mœurs ; la seconde sur la force des doctrines et des intérêts : cette différente origine est importante à reconnoître pour s'en expliquer les conséquences nécessaires.

L'Angleterre a été pendant long-temps, comme la plupart des Etats de l'Europe, une monarchie féodale. Alors la noblesse étoit un *pouvoir*, et un pouvoir sans cesse armé contre l'autorité royale ; mais des circonstances particulières empêchèrent que parmi les *barons anglais*, dominassent ces grands vassaux qui luttoient ailleurs, seuls à seuls, contre le droit des souverains. Guillaume-le-Conquérant avoit partagé les terres de son royaume en plus de soixante mille fiefs; et lorsque le pouvoir tyrannique qu'il avoit transmis à ses successeurs, leur fut arraché, la noblesse anglaise eut besoin d'un effort simultané pour secouer un joug odieux. C'est à la puissance excessive de ses Rois que l'Angleterre doit la résistance combinée qui jeta les premiers fondemens de sa liberté. Ailleurs, au contraire, la royauté devint un refuge contre le pouvoir des grands, et sa protection fut le prix dont elle paya la puissance absolue.

La grande charte, obtenue par les seigneurs ou barons anglais, fut suivie de concessions non moins importantes faites successivement par la couronne. La seconde noblesse, plus rapprochée que dans le reste de l'Europe, des grands auxquels ses intérêts furent facilement liés, obtint de représenter, par élection, au parlement, tous les propriétaires du royaume; et bientôt, lorsque l'industrie commença à créer un autre genre de richesses, les villes et les bourgs eurent aussi le droit d'y députer. Ces chevaliers des comtés et ces bourgeois des villes, ainsi qu'on les nomme encore aujourd'hui, n'eurent point, il est vrai, pendant long-temps, des droits égaux à ceux des barons. Ceux-ci étoient convoqués pour donner leur avis sur les affaires générales du royaume, *de arduis negotiis regni tractaturi et consilium impensuri*, tandis que les autres n'avoient qu'à pourvoir aux moyens d'exécuter les résolutions prises par le Roi dans l'assemblée des barons, *ad faciendum et consentiendum*. Ce droit de consentir aux charges publiques devoit, avec le progrès de la civilisation, en assurer beaucoup d'autres, et c'est ce qu'on remarque dans la progression de pouvoirs dont la chambre des communes s'est trouvée graduellement investie. Au reste, sans perdre de vue l'origine entièrement féodale du parlement d'Angleterre, il faut encore, pour se faire une juste idée de la constitution anglaise, remarquer l'influence qu'ont eue sur le gouvernement de cette monarchie les grands événemens de son histoire. Il faut observer combien les rivalités sanglantes des princes de la maison de Plantagenet, en nécessitant la fréquente intervention des parlemens, affermirent le principe du gouvernement représentatif; surtout il faut considérer attentivement les trois grandes causes qui, presque à la même époque, agirent en Angleterre d'une manière toute différente des effets qu'elles produisirent dans le reste de l'Europe; je veux parler de l'établissement des troupes soldées, de la révolution religieuse connue sous le nom de réforme et des anoblissemens.

Le système féodal fut détruit avec le système de guerre qui l'avoit enfanté. Dès que le service militaire ne fut plus une charge de la propriété, et ne forma plus l'unique hiérarchie sociale, une grande révolution s'opéra dans l'ordre politique des Etats; mais cette révolution se modifia selon la situation particulière où se trouvoit alors chacun d'eux. L'Allemagne, où les vassaux de l'empire avoient maintenu toute leur indépendance, conserva plus qu'aucune autre les institutions féodales. En France, où les Rois étoient parvenus à réunir toutes les parties de la monarchie, l'abaissement des grands et l'affranchissement des communes ne laissèrent subsister que des honneurs égaux et une impuissance égale chez tous les nobles. L'Angleterre, de tous les pays de l'Europe, fut le seul où la destruction de la féodalité ne changea rien à la condition relative des rangs de la société; la noblesse n'y étoit puissante que par des droits politiques identifiés aux autres libertés de la nation; elle les conserva. Les gentilshommes et simples chevaliers, en cessant de marcher sous la bannière des barons, n'en continuèrent pas moins à jouir des droits pacifiques, qui jadis s'allioient à leurs devoirs militaires; leur fief, qui ne les obligea plus au service personnel, leur laissa la prérogative de représenter au parlement les propriétaires du royaume, comme les citoyens continuèrent à y représenter les intérêts des villes. Mais ces priviléges, qui acquirent bientôt encore plus d'importance, modifièrent insensiblement les idées et les mœurs nationales. Les barons héréditaires, délibérant par le droit de leur naissance sur les affaires du royaume, restèrent séparés de la classe commune; et le droit d'aînesse, dont on fit l'application à ces droits politiques, en prévenant leur trop grande extension, les maintint dans toute leur force. Les cadets des barons et les autres gentilshommes, mis depuis long-temps dans la chambre élective en parité avec les bourgeois des villes, se confondirent avec le reste de la nation, mais y conservèrent l'influence que des droits long-temps exclusifs, le respect du peuple, et les titres les plus anciens de la propriété assurent encore aujourd'hui à leurs descendans. L'industrie et les progrès de la civilisation associèrent, il est vrai, depuis à cette classe des hommes sortis des rangs inférieurs de la société, mais ne la dépouillèrent pas, et c'est elle qui, sans privilége et sans maximes exclusives, constitue en ce moment la force tout aristocratique de la constitution anglaise.

Les dissensions religieuses, en portant l'esprit d'investigation sur tous les objets qu'avoient jusqu'alors respectés la vénération et la foi implicite des peuples, répandirent dans toute l'Europe un esprit d'indépendance dont les institutions politiques furent assez généralement ébranlées. L'Angleterre, plus qu'aucune autre, en ressentit les effets : mais encore ici des circonstances particulières coutrarièrent l'action de la force démocratique dont les effets n'obtinrent que des résultats partiels. La religion catholique y fut d'abord attaquée dans sa discipline plus que dans ses dogmes par le souverain le plus absolu qui fût jamais. Henri VIII, pour faire adopter à sa cour des opinions bizarres et exclusives qui s'éloignoient de la foi de l'Eglise, sans adopter celle des novateurs, partagea entre les nobles les biens des monastères. Ce fut une compensation à la prépondérance que leur faisoit perdre l'abolition du système féodal. Les grandes familles anglaises s'enrichirent à cette révolution par la confiscation qui de nos jours a ruiné celles de France; et lorsque, sous le règne des Stuarts, le fanatisme des sectaires enfanta ces principes de nivellement, qu'un autre fanatisme a renouvelés depuis, cette doctrine, s'associant à des idées mystiques, ne fit point de grands ni de longs ravages. L'autorité absolue d'un usurpateur qui remplaça immédiatement la puissance royale, protégea bientôt les supériorités monarchiques; et quand le rétablissement des Stuarts fut suivi par de nouvelles dissensions, la lutte du pouvoir et de la liberté n'en occasionna aucune entre les rangs de la société. Les deux adversaires les plus fougueux de l'autorité royale (Sidney et Russel) étoient les fils de deux pairs du royaume; et le trône de Jacques II ne fut défendu ni par la noblesse ni par le peuple.

On a vu plus haut comment, en France, les grands dépouillés de leur pouvoir s'étoient naturellement confondus avec le reste de la noblesse qui, par cette assimilation, se distingua de plus en plus du reste des citoyens. Une autre cause, également puisée dans l'accroissement de l'autorité royale, acheva de substituer une institution nouvelle aux institutions féodales. La noblesse, acquise jusqu'alors par les armes, et attachée par cela même à la possession des fiefs, fut vendue à prix d'argent: ainsi s'effectua en France, par des acquisitions individuelles, une association que l'opinion seule et le résultat de l'organisation politique produisoient en Angleterre. Dans le premier des deux pays tout ce qui obtenoit une fortune suffisante achetoit les prérogatives de la noblesse; dans le second tout ce qui parvenoit à ce degré d'opulence, se plaçoit naturellement en parité de rang, là où il existoit déjà parité de droits. Mais la noblesse française, en s'étendant, perdoit de plus en plus de sa considération; elle ne conservoit plus que des priviléges sans puissance. La noblesse anglaise, (j'entends parler de celle qui siégeoit dans la chambre des communes), en restant telle que la marche du temps l'avoit laissée, conserva sa part de puissance sans priviléges. Les anoblissemens n'eurent en Angleterre pour objet que de conférer les titres et les droits de la pairie. Jacques Ier tenta bien une mesure de finances pareille à celle qui fut adoptée par nos Rois, et vendit quelques titres de chevaliers baronnets; mais cet abus très-limité et très-passager ne produisit aucun véritable résultat. La haute noblesse (nobility) est demeurée en possession de ses immenses priviléges, et la noblesse inférieure (gentry), conservant par les substitutions ses antiques propriétés, a continué d'exercer l'influence dont j'aurai à indiquer les effets.

Ce tableau succinct de l'organisation politique de l'Angleterre a déjà fait reconnoître par quelles voies différentes le gouvernement constitutionnel s'est établi parmi nous.

La monarchie française, depuis que le ministère de Richelieu et le règne de Louis-le-Grand eurent accru à un si haut point l'autorité royale, ne connoissoit plus que les rangs intermédiaires de la société pour uniques principes monarchiques. L'honneur et l'indépendance des conditions y suppléoient à l'existence des libertés que tout à coup réclama une nation depuis quelque temps préparée à ce grand changement. Des esprits sages et modérés cherchèrent dans l'ordre alors existant les bases et la garantie des droits nouveaux qu'il s'agissoit d'obtenir. C'étoit, autant que le permettoit une révolution subite, imiter ce que la marche du temps avoit opéré en Angleterre, et saisir l'immense appui que donne toujours aux lois nouvelles le concours des vieilles lois et des vieilles mœurs. Ils pensoient qu'il falloit mettre nos Etats-Généraux à la place du parlement d'Angleterre, remplacer les trois ordres par deux Chambres, rendre les honneurs de l'une héréditaires, sauf les dignités ecclésiastiques et les hautes magistratures qui en auroient ouvert l'entrée, et fonder les droits de l'autre sur la propriété qui appartenoit alors en grande partie à la noblesse. Mais ce que la monarchie féodale avoit facilement produit, ne put s'élever sur les bases de la monarchie absolue. La noblesse française renonça avec empressement aux priviléges pécuniaires dont sa fierté dédaignoit l'avantage; mais lorsqu'il fut question de rompre l'égalité que la politique des Rois et des préjugés invétérés avoient établie depuis plusieurs règnes entre tous les nobles, aucuns d'eux ne voulut consentir à une dégradation qu'ils regardoient comme un outrage. Bientôt, d'ailleurs, le soulèvement de la multitude, rompant toutes les digues et insultant la majesté royale elle-même, précipita cette noblesse toute militaire dans une résistance que le triomphe rapide de la démocratie lui fit cruellement expier sans la lui avoir encore pardonnée! Une des règles que Montesquieu donne pour celle de l'honneur dans les monarchies, est: « que lorsque nous avons été placés dans un » rang, nous ne devons rien faire, ni souffrir » qui fasse voir que nous nous tenons infé- » rieurs à ce rang même. » Si Montesquieu vivoit de nos jours, ses écrits ne laissent pas douter de la satisfaction avec laquelle il salueroit l'aurore de nos libertés; mais je ne puis croire qu'infidèle à ses principes, il n'acquittât point au tribunal de l'honneur cette noblesse qui a succombé en remplissant le devoir que l'honneur lui avoit prescrit.

Après toutes les catastrophes sanglantes, à à travers lesquelles d'infatigables fanatiques avoient poursuivi leurs chimériques systèmes, un chef militaire vint s'asseoir sur un trône dont il chercha la base parmi les décombres de la monarchie. La France, désabusée, ne soupiroit qu'après le repos : cette disposition étoit favorable à l'établissement de la puissance absolue; mais, de tous les principes monarchiques, le seul qui fût facile à rétablir étoit cette unité du pouvoir. La transposition et le morcellement des propriétés, le nivellement des conditions, la prépondérance de l'armée étoient autant d'obstacles à une organisation sociale conforme aux besoins d'un grand Etat. Buonaparte vit, dans ce désordre, l'occasion de fonder le despotisme militaire; il importoit néanmoins à sa propre sûreté d'y faire entrer quelques formes du gouvernement civil. Il les emprunta au gouvernement monarchique, mais sans pouvoir en réunir et en consolider les élémens. Les préjugés nés de la révolution l'enchaînoient encore. Les listes de notabilité, les titres, les cordons, les majorats, furent autant d'essais pour parvenir à créer des rangs intermédiaires auxquels il n'osa cependant pas donner le nom de noblesse. Quelques anciens nobles reçurent de lui les nouveaux honneurs dont il payoit l'apostasie des partisans de l'égalité, et cette agrégation singulière dévoila ses véritables projets. Au reste, les grandes dignités, les hautes fonctions de l'empire furent presque exclusivement réservées aux hommes qui, dans le cours de la révolution, étoient parvenus à la fortune et à la puissance. L'on ne conçut donc aucune alarme pour les existences nouvelles; aucune ancienne prétention ne put revivre dans la renaissance des anciennes mœurs. D'ailleurs, on remarqua le soin que prenoit le despote d'agrandir de préférence des hommes sans antécédens, ou du moins de porter si haut la fortune de ceux que les événemens antérieurs avoient déjà sortis de la foule, qu'ils ne pussent dater leur élévation véritable que du jour où il les avoit distingués. Ce système, auquel il n'avoit pu donner toute l'extension qu'il méditoit pour l'avenir, lui avoit déjà fait une cour, mais n'avoit point encore formé dans l'Etat, de rangs monarchiques.

Cependant, son extravagante ambition fit évanouir tout à coup sa puissance et ses projets. Les excès commis à l'abri des doctrines populaires avoient favorisé l'usurpation de la suprême autorité. Par la marche ordinaire des choses humaines, l'abus odieux de cette autorité rendit aux doctrines populaires la faveur qu'elles sembloient avoir irrévocablement perdue. Replacée dans les habitudes de la monarchie, mais redoutant les écarts de la puissance, la France crut trouver, dans la monarchie constitutionnelle, toutes les garanties de stabilité et de bonheur. La plus ancienne maison royale, la plus ancienne famille française, fut rappelée au trône pour lui rendre un éclat nécessaire dans un temps de scepticisme et d'audace. On voulut que des lois fortes et sages, en limitant l'autorité royale, satisfissent les vœux des vrais amis de la liberté. Un autre motif, il faut l'avouer, se joignit à ces intérêts vraiment nationaux, et leur donna plus de force encore. La plupart des hommes qui avoient part aux affaires, et qui devoient être les premiers mobiles du changement prêt à s'opérer, devoient plus ou moins d'avantages à la révolution. Ils alloient replacer sur le trône une famille dont cette révolution avoit long-temps contesté les droits. En les lui rendant, l'on ne vouloit pas lui rendre le pouvoir de détruire ce qui s'étoit fait sans elle, et même contre elle. Aussi le premier soin du sénat, chargé d'improviser une nouvelle constitution, fut d'enchaîner l'autorité royale; et de la part des auteurs d'un tel pacte, ces précautions ne pouvoient venir d'un très-ardent amour de la liberté. Quoi qu'il en soit, le Roi devoit désirer lui-même que de fortes garanties données aux intérêts nouveaux, écartassent de lui des défiances dont il avoit tant à craindre. Sa sagesse ne repoussa que les entraves faites pour détruire toute la force du gouvernement. Il adopta les principes de la monarchie constitutionnelle, comme les seuls qui pussent lier la France ancienne à la France nouvelle; cependant la révolution et ses conséquences rendoient l'application de ces principes plus difficile qu'on ne le pensoit généralement alors, et qu'on ne le croit même encore aujourd'hui. Personne ne songea que si la royauté constitutionnelle peut aisément s'établir dans une monarchie, elle doit éprouver de grands obstacles dans une organisation ou républicaine ou despotique, et l'état de la société en France devoit, après la révolution et le règne de Buonaparte, conserver quelque chose de ces deux systèmes. Le principe monarchique alloit être combattu par l'esprit d'égalité que les faveurs du despotisme avoient nourri et fortifié de toutes les jouissances et de toutes les jalousies de l'ambition. Les principes constitutionnels avoient à craindre la diversité et l'isolement des intérêts. Il falloit fonder la monarchie sans l'appui des rangs intermédiaires, et la liberté sans celui des pouvoirs. On me demandera sans doute si le Roi, la Chambre des Pairs et la Chambre des Députés ne sont pas des pouvoirs. Chacun sent la difficulté d'affermir sur le trône une race nouvelle. Le pouvoir royal seroit-il le seul dont la force eût besoin d'un droit antérieur et reconnu ? Les constitutions définissent et fixent les pouvoirs, mais ne les créent pas. Ici je dois me prémunir contre les interprétations erronées d'un mot dont, faute d'une expression meilleure, je suis contraint de me servir. J'aperçois, dans l'existence politique des nations, deux sortes de pouvoirs, ceux de la constitution et ceux de la société. Les premiers distinguent les fonctions du gouvernement; les seconds désignent la force des intérêts. Dans les monarchies libres, le droit de faire les lois, celui de les faire exécuter, sont des pouvoirs constitutionnels; la royauté, la partie aristocratique de la nation, et celle qui se choisit des représentans, forment les pouvoirs de la société. La France, telle que la révolution l'avoit faite, ne retrouvoit de complet que le pouvoir royal investi, dès sa renaissance, de l'autorité du temps. L'aristocratie devoit sortir de la confusion des rangs, et le pouvoir représentatif de la désunion des partis. Quoi qu'il en soit, l'unique pouvoir constituant qui existât alors eut à remplir une tâche immense. Le Roi donna la Charte, et la Charte fonda la monarchie constitutionnelle.

CHAPITRE III.

Organisation sociale de l'Angleterre; rapport de cette organisation avec la Monarchie constitutionnelle; pouvoir dominant; état de la société en France.

De même que le corps humain se compose de différens organes, dont les fonctions distinctes produisent la force et la vie, ainsi l'organisation du corps politique consiste dans la combinaison des divers intérêts qui dirigent vers un même but tous les états de la société. Cette organisation doit être d'accord avec le principe du gouvernement. Elle admet conséquemment, dans une monarchie constitutionnelle, et les inégalités sociales qui appartiennent à la monarchie et les garanties que réclame la liberté; elle les offre ces garanties dans des droits qui se servent mutuellement de limites, ceux du monarque, de la noblesse et du peuple. Mais on se tromperoit, je pense, si l'on supposoit que ces trois parties du corps politique fussent, l'une à l'égard de l'autre, dans une égalité de forces d'où résultât la stabilité des institutions. Cet équilibre prétendu est une perfection chimérique; et si, dans des constitutions moins fixées, on voit quelquefois la lutte de deux pouvoirs finir par la domination exclusive de l'un ou de l'autre, l'on doit reconnoître que l'objet du gouvernement constitutionnel est suffisamment rempli lorsque le pouvoir dominant est restreint par d'autres pouvoirs qu'il est contraint de respecter. C'est par cet ascendant limité que l'on parvient à l'unité du gouvernement, dont on ne voit pas qu'il fût plus facile de se passer avec une telle constitution qu'avec toute autre.

L'origine féodale des institutions anglaises ayant laissé son empreinte à la distinction des rangs monarchiques, on doit concevoir ce qu'ils en tirent de consistance et de force. Les propriétés, transmises aux aînés des familles, la nature de ces propriétés qui sont encore divisées en terres seigneuriales (*manors*), terres libres (*frechold*), et terres roturières (*copyhold*), les anciennes redevances maintenues, et de nouvelles établies par les ventes à termes (*leases*), les relations qui en résultent entre les seigneurs et leurs censiers (*tenants*), la justice et la police gratuite qui s'exercent par de riches propriétaires en qualité de juges de paix; la milice exclusivement commandée par eux, les fonctions de *lords lieutenans* et de grands *sheriffs*; la représentation au parlement dont un certain nombre de familles obtiennent, par les droits et l'influence attachée à leurs propriétés, le monopole presque exclusif; toutes ces causes maintiennent le principe aristocratique dont l'action s'étend par différens canaux à toutes les parties du gouvernement. La *noblesse-pairie* et la classe des hommes parlementaires, que l'on pourroit nommer *la noblesse des communes*, en remplaçant les barons et les chevaliers, qui jadis composoient les parlemens, ont conservé du pouvoir féodal tout ce que la richesse, ce ressort puissant des sociétés modernes, pouvoit tolérer et fortifier entre leurs mains. Ainsi, tout citoyen peut, à l'aide d'une grande propriété, parvenir à exercer la même influence, ce qui a fait donner à la constitution anglaise, par ses détracteurs, la qualification injurieuse de gouvernement oligarchique. Je ne prétends point examiner si cette qualification est justifiée;

ce que je cherche à découvrir, c'est le mécanisme par lequel cette sorte d'aristocratie produit, sans détruire l'indépendance des pouvoirs, l'unité nécessaire du gouvernement.

De toutes les manières de gouverner les hommes, celle qui remet une autorité exclusive entre les mains d'un petit nombre de citoyens, est sans doute la plus difficile à maintenir. La puissance y manque de cette force que produit l'unité, et de cet assentiment public qui résulte, dans les républiques, de l'égalité des droits. Ne pouvant s'élever, comme les Rois, au-dessus de toute résistance, ni trouver en soi-même, comme la démocratie, la force irrésistible du grand nombre, le gouvernement aristocratique a besoin d'un art extrême pour cacher sa véritable foiblesse : c'est ce qui a fait dire, avec raison, que le principe de ce gouvernement étoit la modération, comme s'il devoit moins à sa propre force qu'à la tolérance de ceux qui lui obéissent. Mais s'il existoit un pouvoir aristocratique qui, laissant au souverain tout l'appareil de la puissance, et au peuple tous les droits de la liberté, se mît ainsi à l'abri d'une révolution monarchique et d'une révolution populaire; si sa modération politique n'étoit pas seulement pour lui un principe de conservation, mais une loi qu'il dût inévitablement subir; s'il n'étoit séparé du peuple par aucune barrière, mais se recrutoit au contraire dans toutes les classes de la nation, à des conditions que l'industrie et les talens pussent remplir; si son pouvoir auprès de la multitude reposoit sur son influence, et auprès du prince, sur sa popularité, une aristocratie de cette espèce seroit, je pense, inattaquable à raison des limites mêmes dans lesquelles son action seroit circonscrite, et telle est celle qui constitue le pouvoir dominant de la constitution anglaise. Occupant le centre d'une organisation sociale, dont elle anime tous les ressorts, je la vois bornée d'un côté par la royauté qui la soustrait à toutes les jalousies qu'excite la suprême puissance, et de l'autre par la liberté du peuple, préservatif assuré contre l'effort des factions. Je la vois dans la Chambre des Pairs par le droit de naissance, dans la Chambre des Communes par l'ascendant de la propriété; dans le ministère par la confiance du parlement, c'est-à-dire de la majorité aristocratique, et cette combinaison du même principe avec les divers élémens de la puissance publique me donne pour résultat l'unité du gouvernement. Un écrivain, infatigable dans l'étude des doctrines constitutionnelles, a cru devoir distinguer en Angleterre le pouvoir royal du pouvoir ministériel. C'est à ce dernier, selon lui, qu'est réellement remise l'exécution des lois, tandis que le monarque, investi d'un droit purement négatif, est placé au-dessus de tous les pouvoirs pour en annuler l'action, dès que cet acte unique de sa prérogative devient nécessaire; et c'est ainsi qu'il rapporte à un même principe le changement d'un ministère et la dissolution d'un parlement. Je pense qu'il est à cet égard dans une erreur où l'a conduit la marche naturelle du pouvoir dominant. Les ministres choisis parmi les hommes dont on vient de retracer l'immense influence, sont, aux yeux du prince, les organes de cette majorité aristocratique que rien ne peut limiter lorsqu'elle-même se renferme dans les limites des libertés constitutionnelles. Si la volonté individuelle du monarque n'est jamais invoquée, et paroît comme exclue du gouvernement de l'Etat ; c'est bien plus à l'ascendant connu de l'aristocratie parlementaire qu'aux principes de la constitution qu'on doit l'attribuer. Le Roi, il est vrai, est quelquefois dans l'alternative de convoquer un nouveau parlement pour tâcher de conserver le ministère, ou de changer le ministère s'il préfère conserver le parlement : mais, dans le premier cas, il ne fait, par une nouvelle élection, que placer l'aristocratie dans l'unique situation où elle soit affoiblie par le principe populaire de la constitution ; dans le second, sa résolution n'est que le résultat nécessaire de la dépendance où le place l'ascendant aristocratique. Et lors même que le pouvoir royal tente, momentanément, de s'appuyer sur le peuple pour ébranler et rompre les rangs de l'aristocratie, quels moyens celle-ci n'a-t-elle pas encore de triompher ! Soixante-onze membres de la Chambre des communes sont élus par trente-cinq individus propriétaires des bourgs jouissant d'un ancien droit d'élection ; quatre-vingt-dix, par quarante-six villes ou bourgs dans lesquels il ne se trouve pas cinquante électeurs entièrement dépendans d'un patronage puissant. Dans dix-neuf autres lieux, trente-sept députés sont nommés par moins de cent électeurs, et il y a vingt-six villes dans chacune desquelles le nombre des votans n'excède pas deux cents. Si, à cela, on ajoute que dans les comtés deux ou trois grandes familles s'y disputent à force de brigues et de dépenses, la députation, qui tombe nécessairement sur l'un des plus opulens gentilshommes de la province; que, dans quelques uns, ces familles ont fait un traité pour se partager la députation, soit en alternant, soit en nommant chacune la moitié des députés; que l'on vend et l'on achète certains *bourgs-électeurs* comme toute autre propriété ; qu'enfin, le résultat des élections est de composer le tiers de la Chambre des communes des fils aînés ou cadets de pairs, un autre tiers de riches propriétaires de terres élus en grande partie par leurs *censiers;* un sixième, d'officiers ou de légistes, la plupart dépendans, soit du gouvernement, soit de quelque grande famille, et, enfin, un autre sixième, de banquiers ou de négocians, presque tous propriétaires de terres considérables, on se convaincra aisément que le débat des élections est presque exclusivement celui d'une fraction des intérêts aristocratiques contre l'autre. Le pouvoir dominant n'y est tempéré que par ses divisions intestines, excitées par le désir d'établir l'ascendant de tels ou tels hommes, bien plus que de tels ou tels principes. Les engagemens de parti que les Anglais, eux-mêmes, sous le nom de *drill* (1), comparent à la discipline militaire, établissent le combat systématique du parti qui occupe les places contre celui qui voudroit les occuper.

On n'aperçoit, en tout ceci, aucune garantie pour les droits du peuple ; et, toutefois, la liberté civile a été portée, sous un tel gouvernement, au plus haut degré où elle puisse atteindre. C'est que les hommes dont se compose le pouvoir aristocratique ont besoin d'une popularité qu'ils se disputent autant que la puissance même ; c'est que, laissant aux deux autres pouvoirs tous les dehors de l'indépendance, ils s'humilient devant le trône, par le langage d'une feinte sujétion, et devant le peuple, en respectant ses licencieux écarts ; c'est que le peuple ne portant ses

---

(1) *Drill*, exercice que l'on enseigne aux soldats.

défiances que sur le pouvoir monarchique, auquel il a coutume d'associer, par l'exemple des autres Etats, les idées de puissance absolue, ne voit, dans l'indépendance des grands, lorsque ceux-ci défendent les libertés nationales, qu'une cause commune à soutenir.

En méditant sur cet ordre de choses, jugera-t-on que la constitution anglaise puisse se passer des élémens qui lui servent de mobiles et de garanties, et croira-t-on qu'en répudiant ce qu'on nomme les abus et la prépondérance oligarchique qui en font mouvoir tous les ressorts, on y substituera facilement un autre principe d'adhérence et d'unité? C'est ce qu'ont soutenu en Angleterre les partisans de la réforme parlementaire. Ils n'ont point paru effrayés des résultats qu'auroit la disparité des deux chambres, l'une tout aristocratique, l'autre appartenant à une classe plus rapprochée du peuple. Ils ne se sont point demandé si cette répartition plus égale des droits politiques pouvoit se concilier avec la stabilité des institutions. Je ne doute pas que l'on ne trouvât parmi nous des esprits disposés à dédaigner avec autant d'orgueil ou de légèreté, ces graves difficultés. Quoi qu'il en soit, personne ne peut révoquer en doute les différences essentielles qui distinguent la France de l'Angleterre, en tout ce qui constitue leur organisation sociale.

Lorsque la monarchie constitutionnelle a été subitement établie parmi nous, les destructions révolutionnaires et les caprices du despotisme n'avoient établi, ou laissé subsister d'autres prééminences que celles des places et des dignités nouvelles. Ces distinctions étoient donc toutes personnelles, et en cela confondoient assez bien, dans leurs précaires avantages, les idées républicaines et les principes des gouvernemens despotiques. Les titres y étoient redevenus ce qu'ils furent sous les maîtres du Bas-Empire, l'apanage des fonctions publiques. Rien n'étoit accordé aux familles; et si, dans un avenir éloigné, l'hérédité promettoit d'altérer cet ordre de choses, aucune jalousie contemporaine ne pouvoit en être sérieusement blessée. Le Roi déclara que l'ancienne noblesse reprenoit ses titres, et que la nouvelle conservoit les siens : c'étoit la première fois que celle-ci se voyoit ainsi nommée, et peut-être auroit-il été préférable de la désigner d'une manière plus conforme à son existence à venir. Comme il n'y avoit aucune identité réelle entre les titres anciens et les nouveaux, peut-être convenoit-il, pour l'établir, de les assujétir tous, quelle que fût leur origine, à une même confirmation. Au reste, cette pensée monarchique de reconnoître des titres héréditaires dans quelques familles, n'entroit pour rien dans la combinaison des droits politiques. Les nobles, anciens ou nouveaux, ayant trop perdu, ou n'ayant point encore assez acquis, ne pouvoient représenter les influences aristocratiques. La Chambre des Pairs elle-même ne représenta guère que les débris de quelques-uns des gouvernemens précédens, confondus avec ceux de l'ancienne cour. Ce n'étoient aux yeux de personne, les seigneurs du royaume statuant, en raison de leurs propres intérêts, sur le gouvernement de l'Etat, mais une assemblée où l'on espéroit maintenir plus facilement que dans la chambre élective l'action de l'autorité royale. Les anciens sénateurs et les anciens ducs auxquels ont été adjoints depuis un certain nombre d'individus choisis dans tous les rangs de la société, reçurent la mission de former la troisième branche de la puissance législative. Ils n'exercèrent d'abord ce droit qu'à vie, et cette première condition de leur prérogative s'accordoit avec la nature des droits purement personnels, qui avoient fait appeler à cette fonction la plupart d'entre eux. On sembloit dire : la Chambre des Pairs ne peut encore représenter les hautes influences de l'Etat ; il faut en laisser l'entrée à celles que le temps doit créer. Cependant une telle circonspection ne pouvoit être long-temps tolérée par l'impatience des novateurs politiques. La monarchie anglaise avoit, depuis son origine, des pairs héréditaires ; l'on crut que les effets d'une hérédité à venir équivaudroient à ceux d'une antique transmission des mêmes honneurs, et confirmeroient à la fois la dignité et l'indépendance de la pairie. Une ordonnance royale accorda simultanément cette hérédité à la descendance de tous ceux qui composoient la Chambre des Pairs. On put alors remarquer combien la constitution réelle de la société en France étoit méconnue par ceux même qui vouloient en séparer les élémens. Une assemblée, investie d'une portion importante de la puissance publique, ne peut exister par elle-même, et ne tient sa force que des appuis extérieurs que lui prêtent les institutions de l'Etat. Ainsi, tandis qu'une chambre élective doit son importance aux suffrages qui l'ont formée, une chambre héréditaire ne peut se passer de la considération et de l'influence personnelle qui justifient, aux yeux de tous, les droits dont elle est investie. A défaut de l'ascendant que procurent en Angleterre l'illustration et l'opulence, le patriciat français pouvoit s'environner de la considération acquise par la renommée, la faveur ou le mérite; mais le principe et le caractère de cette considération repoussoient l'idée de la perpétuité. L'on croit généralement avoir écarté cette objection en disant que les droits accordés aux nouveaux pairs, obtiendront avec le temps, cette consistance. Ceux qui conçoivent cet espoir ont peu réfléchi, je pense, à la nature du gouvernement qu'ils désirent affermir. Dans les gouvernemens simples, c'est-à-dire dans ceux où il n'existe qu'un pouvoir exclusif, les institutions peuvent, par leur action successive et par les événemens qui la modifient, acquérir une force dont elles étoient privées à leur origine, parce que l'autorité unique ne peut elle seule prévenir de pareils résultats; et c'est ainsi que les institutions féodales, modifiées par la civilisation, ont enfanté la constitution aristocratique de l'Angleterre. Dans les gouvernemens complexes, au contraire, où le pouvoir dominant ne subsiste que par les limites où le renferment d'autres pouvoirs, mais où ces limites expressément définies et fixées sont placées sous la surveillance jalouse de ces pouvoirs divisés, dans ces constitutions dont l'existence véritable, quelle que soit leur origine, ne date jamais que d'une époque d'extrême civilisation, comment le temps pourroit-il répandre sur les hommes et sur les choses ces prestiges qui s'attachent aux idées convenues? On ne forme point une armée en présence de l'ennemi : on ne fonde pas d'aristocratie au milieu des discussions où tous les droits naturels sont invoqués contre les établissemens de la société. Une idée confuse de l'avantage qui résulte en Angleterre de la division du pouvoir législatif, a fait admettre en France la Chambre des

Pairs, mais sans qu'on se soit jamais douté que ces pairs dussent jouir des honneurs et des prérogatives personnelles d'une haute noblesse. Les causes diverses et fortuites qui ont présidé à la composition de cette Chambre, ont éloigné cette idée; la différence des droits n'en établit encore aucune entre les rangs; et si des grades élevés, de hautes fonctions, des places importantes, l'âge et les services passés tiennent, pour un assez grand nombre de pairs, la pace des autres prééminences sociales, ces équivalens fort bons pour une pairie viagère, s'évanouissent à l'égard de l'hérédité. Les dépendans du duc de Northumberland, ou du duc de Devonshire, ne songeront jamais à demander pourquoi ces seigneurs vont dans la capitale délibérer, sans leur suffrage ou leur aveu, sur les mêmes intérêts que leurs représentans. Il ne seroit pas étonnant que cette question fût faite par les voisins et les égaux du fils d'un ancien sénateur, ou d'un gentilhomme pensionnés.

Mais à quelles interprétations sinistres ces dernières réflexions ne peuvent-elles pas donner lieu? m'accusera-t-on d'être partisan d'une Chambre unique, de ne vouloir aucune aristocratie en France, ou de ne la vouloir qu'à l'avantage des anciens privilégiés? Les opinions que je professe, et qu'on n'aura pas de peine à reconnoître, repousseront, je pense, la première de ces inculpations. Quant au second reproche, il demande plus d'attention, non qu'il ne soit pas également désavoué par toutes mes doctrines, mais parce qu'il me sera vraisemblablement adressé par des hommes qui, de toutes les formes de débats polémiques, ne choisissent jamais que celle où ils peuvent mettre de leur côté les passions de la multitude. J'ai dit précédemment que le pouvoir dominant de la constitution anglaise étoit aristocratique, que la nôtre subsistoit sans aristocratie véritable. Je voudrois donc, insinuera-t-on, une autre aristocratie, et puisque j'ai parlé de l'illustration et de l'opulence des seigneurs qui forment la première chambre du parlement britannique, j'indique ainsi clairement comme élémens nécessaires de la pairie de France, l'ancienne illustration et l'ancienne richesse de la noblesse française. De là une opposition manifeste à l'article de la Charte constitutionnelle, qui veut que tous les Français parviennent indistinctement à toutes les dignités, et même une atteinte indirecte portée à un autre article qui garantit les propriétés nationales dont une partie, comme chacun sait, a été confisquée sur la noblesse. Voilà, je crois, le corps de mon délit présenté dans toute sa gravité, et en devançant l'accusation, je crois m'en être suffisamment garanti aux yeux des hommes qui ne soumettent point leur raison aux jugemens intéressés des partis. Non, le pouvoir aristocratique d'une monarchie constitutionnelle ne peut appartenir exclusivement à une noblesse déchue de son opulence et de ses honneurs. Elle ne peut davantage être le partage des hommes dont l'élévation subite n'a point encore environné leur existence du pouvoir et des prestiges de la grandeur. J'ai déjà fait entendre la la difficulté de rassembler en France les élémens d'un des trois pouvoirs constitutionnels de l'Angleterre. Qu'en doit-on conclure, sinon que notre gouvernement ne peut chercher les mêmes garanties que celles où la constitution anglaise trouve son principe dominant et conservateur, que les contre-poids de notre monarchie constitutionnelle ont, dans leur rapport avec les institutions de l'Angleterre, à présenter moins de similitudes que d'équivalens ; et que toutes les tentatives faites pour transporter intégralement parmi nous ces institutions, doivent infailliblement échouer.

CHAPITRE IV.

Quels sont ceux des pouvoirs de la société qui peuvent devenir dominans dans une Monarchie constitutionnelle; examen de cette question en ce qui concerne la France.

Il est assez curieux de rapprocher l'admiration exclusive que professoient, il y a trente ans, pour la constitution anglaise, ceux qui vouloient fonder en France la monarchie constitutionnelle, du dédain qu'affectent maintenant pour cette même constitution les hommes qui prétendent achever l'ouvrage des premiers auteurs de notre révolution; c'est qu'ils y découvrent des principes contraires à leurs systèmes, et que c'est à leurs systèmes qu'ils veulent attribuer toute l'autorité que l'on accordoit jadis à l'expérience; c'est que cet édifice moderne, déparé dans leurs idées par les ruines gothiques qui lui servent de fondement, n'a point été simultanément élevé sur un plan tracé par eux. Comme cependant la liberté, dans ses effets sensibles et incontestables, s'y montre portée quelquefois jusqu'à la licence, ils n'ont point frappé du même anathème tout ce qui appartient au gouvernement de l'Angleterre. Ils y louent la hardiesse des discours et des écrits, l'indulgence des lois, les entraves de l'autorité, tout en rejetant avec indignation, et ces institutions féodales qui perpétuent le pouvoir et l'opulence dans les familles parlementaires, et ces prééminences monarchiques qui leur sont réservées, et ces élections où le riche dispose des suffrages du pauvre. Je ne crois pas qu'ils se soient jamais inquiétés de savoir si, dans le mélange de bien et de mal, qu'offrent toutes les choses humaines, une répartition plus égale des droits politiques, pourroit aussi bien se concilier avec cette extrême liberté ; et si les gouvernemens, comme toutes les autres espèces de forces, ne doivent pas proportionner à la résistance qui les attend, les moyens qu'ils ont de la surmonter. Ils ne se sont pas davantage expliqués pourquoi, sous la prépondérance aristocratique, la marche des pouvoirs politiques est toujours si égale et si assurée dans un pays où les opinions les plus opposées à l'ordre existant, ont le droit constant de se manifester. Pour moi je ne puis m'empêcher de penser que, parmi les libertés anglaises, il en est qui ne subsistent que parce que le pouvoir est au-dessus de leurs atteintes. La violence des pamphlets et des journaux, la fréquence des désordres populaires, me semblent autant de canaux perdus où va se dissiper la force exubérante des partis, et je ne crois pas que cette agitation perpétuelle puisse exister dans des gouvernemens libres qui ne seroient point préparés à la supporter. On a dit que la liberté de la presse, semblable à la lance d'Achille, guérissoit les blessures qu'elle avoit faites. Il seroit plus juste de la comparer, dans le seul pays où le temps l'ait naturalisée, aux traits qu'un effort impuissant lançoit contre l'invulnérable héros.

Mais si le pouvoir dominant de la constitution d'Angleterre n'a rien à redouter de l'action continue des passions populaires, en sera-t-il de même dans une tout autre distribution de forces entre les pouvoirs de la société? C'est ce qu'il importe surtout d'examiner en ce qui touche à nos institutions naissantes.

Des trois pouvoirs qui, dans des proportions diverses, forment l'organisation de la monarchie constitutionnelle, il n'en est qu'un dont le droit soit appuyé d'une force naturelle, c'est la démocratie ; les deux autres sont évidemment fondés sur les conventions tacites de la société. Aussi ont-ils d'autant plus de force que ces conventions sont mieux enracinées par le temps et par les mœurs, tandis que la démocratie fait d'autant plus de progrès que les influences conventionnelles ont perdu davantage de leur empire. Il en résulte que ce pouvoir le plus rapproché de la nature est le plus difficile à borner, et qu'il menace toujours le principe de la monarchie et celui des inégalités sociales. L'on ne doit donc pas être étonné que dans les gouvernemens où la liberté, et par conséquent les droits de la démocratie font partie de l'économie politique, les autres pouvoirs de la société aient besoin d'imposantes garanties ; cette vérité démontrée à la fois par la raison et par l'expérience, ne doit-elle pas faire reconnoître, 1°. que les deux pouvoirs dont le principe ne repose que sur les institutions sociales, ne peuvent, sans un appui mutuel, soutenir, contre la force positive et numérique de la démocratie, le conflit qui résulte des défiances et des oppositions inhérentes aux monarchies constitutionnelles ; 2°. que le pouvoir doué de cette force positive et naturelle, n'y peut être dominant sans devenir exclusif, puisqu'aucun intérêt ne le retient dans les limites fixées par les lois; qu'en un mot, le but de tous les gouvernemens libres doit être de placer les droits naturels sous la protection de l'ordre social, et non de maintenir l'ordre social par la force des droits naturels ?

En jugeant la constitution anglaise d'après ces principes, on s'en explique aisément le mécanisme ; l'on y voit les droits du peuple défendus par l'aristocratie héréditaire et élective du parlement, qui elle-même a placé la conservation de ses droits sous la sauve-garde de l'institution monarchique. La liberté y est établie pour le peuple, mais c'est une sorte de bien en tutelle, dont on lui doit compte, et qu'il n'administre pas ; et l'on sent que le pouvoir dominant de l'aristocratie est plus que tout autre favorable à un tel ordre de choses, parce que n'ayant ni la force de l'unité, ni celle du grand nombre, sa foiblesse naturelle tempère les effets de sa prépondérance acquise.

Contraint d'opposer la liberté du peuple aux entreprises de la royauté, et de placer à l'ombre du trône des prérogatives que menace la démocratie, le pouvoir aristocratique a pour unique intérêt le maintien des autres pouvoirs. Mais si, comme cela est arrivé en France, la monarchie constitutionnelle s'établissoit sans aristocratie, la royauté seule pourroit alors lutter par des lois et des institutions monarchiques, contre l'effort continuel des doctrines populaires; elle lutteroit, avec les chances d'une défaite ou d'une victoire absolue, jusqu'à ce qu'il se formât une indépendance aristocratique, placée entre le Roi et le peuple par des intérêts homogènes aux prérogatives de la couronne et aux libertés nationales. Jusque-là tout paroît incomplet dans le gouvernement constitutionnel; mais cette aristocratie, qui ne peut occuper maintenant, dans notre organisation politique, la même place qu'en Angleterre, n'atteindra même jamais celle où il seroit indispensable de lui voir soutenir de son éclat et de son rang, l'éclat et le rang du pouvoir souverain, tant que des clameurs imprudentes s'élèveront contre toute noblesse, toute supériorité, toute distinction légale entre les familles. Je sais que c'est à l'ancienne noblesse de l'ancienne monarchie, que ces insultes s'adressent dans les livres, dans les journaux, sur les théâtres, à cette noblesse qui n'est encore ni assez détruite, ni assez dépouillée au gré d'une insatiable envie. Mais pense-t-on que les principes de l'égalité sociale puissent facilement se restreindre dans leur application? Déjà n'a-t-on pas vu attaquer l'institution des majorats, qui certes a été plus à l'usage des nouvelles élévations que des illustrations anciennes, et qui d'ailleurs consiste dans une faculté indistinctement accordée à tous. Déjà n'a-t-on pas signalé comme contraire à l'affermissement de la liberté tout système d'économie politique qui réprouve le morcellement indéfini des propriétés! C'est que la liberté en France ne s'entend que dans le sens de la démocratie, et par conséquent d'une manière tout opposée à l'essence de la monarchie constitutionnelle, qui ne peut, comme toute autre, se passer d'institutions et de mœurs monarchiques, surtout lorsque la royauté en est le pouvoir dominant, car, de toutes les institutions humaines, la royauté est celle qui tire le plus exclusivement sa force des conventions de la société. Isolée devant la masse entière d'une nation qui n'admettroit dans son organisation, dans ses lois, dans sa foi politique, d'autres principes que ceux qui pourroient également s'appliquer à une république, l'autorité royale ne tarderoit pas à devenir une superfétation de l'ordre social, ou plutôt le principe monarchique inhérent aux grands Etats, agissant dans un sens opposé aux passions des hommes, y amèneroit bientôt le despotisme, dernier refuge de l'égalité, comme il est le dernier terme de l'anarchie.

Mais est-il donc indispensable qu'un pouvoir dominant influe dans les monarchies constitutionnelles sur l'action des autres pouvoirs, en se combinant avec eux, et notre Charte royale ne les a-t-elle pas mis, au contraire, dans des rapports d'égalité et d'indépendance qui sont à la fois leurs garanties et celles de la liberté publique? Cette supposition, comme je l'ai dit plus haut, est évidemment chimérique. Une égale répartition de forces entre les pouvoirs de la société pourroit, quoique bien difficilement, exister dans une constitution qui ne seroit point encore fixée, ou plutôt les pouvoirs pourroient y être dans un état de lutte qui empêcheroit de reconnoître auquel appartient l'ascendant. Chacun d'eux alors cherchant à s'accroître, ils seroient long-temps dominans, ou dominés, tour à tour, selon que les événemens auroient favorisé ou contrarié le principe de leur action jusqu'à ce que l'on vît enfin s'opérer la transaction qui détermineroit l'ordre permanent de la société. Ainsi s'est fixée la constitution d'Angleterre où l'aristocratie dominante n'exerce la puissance législative qu'en s'appuyant des suffrages du peuple, et ne participe au pouvoir exécutif que par le choix et la volonté du Roi, où le Roi ne peut attaquer la prépondérance des hommes parmi lesquels il est forcé de choisir, les agens de son autorité et où le peuple, dont le droit réel consiste à prendre parti dans les débats du pouvoir aristocratique, ne suit que l'une ou l'autre des impulsions qu'il en reçoit. L'on voit comment cette constitution s'est heureusement fondée sur la prépondérance de celui des pouvoirs de la société qui ne peut agir que par influence, et auquel conséquemment tout abus de la force est impossible. Nous avons vu de nos jours, une constitution dont les auteurs avoient cru pouvoir faire du Roi le premier magistrat d'un Etat démocratique, laisser bientôt crouler par une sanglante catastrophe le vain simulacre de la royauté. Les mêmes effets seront produits par les mêmes causes, toutes les fois que le pouvoir dominant ne sera point un de ceux dont la prépondérance est purement conventionnelle, c'est-à-dire lorsque ce ne sera ni à la royauté ni à l'aristocratie (1), que seront commises les forces actives de la constitution.

---

(1) *Nota.* On ne peut m'opposer les gouvernemens de Suède et de Danemark, où l'aristocratie n'étoit pas seulement dominante, mais exclusive. Il ne faut pas perdre de vue qu'il ne s'agit ici que d'une monarchie, où les droits de la royauté et les libertés de la nation sont protégés par le gouvernement constitutionnel.

CHAPITRE V.

Des lois politiques dans leur rapport avec le pouvoir dominant de la Monarchie constitutionnelle.

L'on est généralement d'accord sur les rapports que l'on doit chercher entre les diverses fonctions du gouvernement et le caractère de l'autorité à laquelle elles sont confiées. Ainsi, dans les monarchies constitutionnelles, on assigne uniformément au Roi le pouvoir exécutif, et aux assemblées représentatives une part considérable dans la puissance de faire les lois. Toutefois cette règle ne fixe que les droits attribués aux pouvoirs de la constitution, elle ne s'étend pas à tracer la sphère d'action que doit avoir chacune des parties du corps social, ou, comme je me suis déjà exprimé, chacun des pouvoirs de la société. Ce qui a été dit de l'Angleterre a fait reconnoître l'existence d'un pouvoir dominant dans un gouvernement libre, et l'analogie a permis de penser que le même principe pourroit bien s'appliquer à tous les gouvernemens de même nature. Il convient d'examiner, dans cette supposition, de quels droits ce pouvoir doit être investi. Déjà un grand exemple nous l'a montré s'identifiant par l'extension de son influence à toutes les parties de la puissance publique. Mais ce concours a sans doute besoin d'être restreint dans de certaines bornes pour ne point annuler les autres pouvoirs ; ainsi, bien que les ministres anglais soient indispensablement nommés parmi les hommes parlementaires, et qu'ils ne puissent se maintenir sans l'appui du parlement, toutefois ces effets de la prépondérance aristocratique n'imposent jamais au monarque un choix contraire à ses sentimens personnels ; ainsi, bien que les familles parlementaires aient sur les élections une influence qui place entre leurs mains la véritable puissance du gouvernement, cette influence ne s'exerce qu'à l'aide d'une popularité qui garantit à la nation la jouissance de tous ses droits et de toutes ses libertés. Le pouvoir dominant doit donc, il me semble, posséder la force active qui, employée, soit isolément, soit avec le concours des autres pouvoirs, imprime le mouvement à toutes les parties du corps politique, tandis que les pouvoirs destinés à le borner sont doués d'une force d'inertie fondée sur de puissans et immuables intérêts. Le choix des hommes et des mesures appartient, sous différentes formes, à l'initiative du pouvoir dominant, mais demeure subordonné à l'assentiment des autres pouvoirs.

Par la même raison qu'en Angleterre, la proposition des lois et le résultat des élections dépendent de l'aristocratie parlementaire, le pouvoir dominant, qui ne peut résider en France que dans la royauté, doit y posséder de droit ou de fait une influence analogue, bien qu'exercée dans d'autres limites et sous d'autres formes. Cette pensée, qui peut paroître à certains esprits la plus grave déviation des doctrines constitutionnelles, est la conséquence d'un système qui en renferme le véritable principe. Le gouvernement, en Angleterre, peut se trouver placé dans les chambres, parce que les chambres ne représentent qu'un seul et même intérêt. En France le Roi seul doit gouverner, parce que lui seul offre, dans son pouvoir préexistant et défini, les garanties de la force et de l'unité; mais la monarchie constitutionnelle admet, comme un moyen essentiel de gouvernement, l'intervention suffisante du pouvoir dominant dans la formation des assemblées législatives, intervention sans laquelle rien n'empêcheroit une scission complète entre les divers branches de la constitution. Que l'on suppose, en effet, la Chambre des Députés animée d'un tout autre esprit que celui du gouvernement du Roi, la marche des affaires ne sera-t-elle pas violemment interrompue, et l'initiative royale ne deviendra-t-elle pas un écueil funeste où viendra infailliblement périr l'institution monarchique? Des lois qui auroient assuré au Roi une influence légale, mais bornée, sur les élections, seroient, j'en suis convaincu, les plus conformes à l'esprit de la Charte constitutionnelle, et cette opinion me place, comme on voit, bien loin du terrain où se mesurent aujourd'hui les partis.

Il n'est pas, jusqu'à la forme suivie pour la proposition des lois, qui n'exige, selon moi, une exacte conformité avec la nature du pouvoir dominant. Le Roi ne doit jamais faillir, telle est la maxime fondamentale des monarchies où il n'agit que dans des limites fixées par les lois. Il faut donc qu'aucun de ses actes directs ne soit exposé à la censure. Lorsque la Charte a donné au monarque une initiative qui, dans l'état de foiblesse où se trouvoient les autres pouvoirs de la société, ne pouvoit appartenir qu'à lui, elle n'a fait autre chose que de placer dans son conseil la première délibération des lois. Le message royal devroit, il me semble, n'apporter que le consentement conditionnel du Roi à un projet sur lequel il autorise les ministres à consulter les Chambres; et ce qui prouve l'avantage de cette interprétation, c'est que le Roi donne son consentement, ou exerce son *veto* à l'égard des lois qui n'ont pas été modifiées, comme à l'égard de celles qui ont subi des amendemens, ce qui implique une proposision faite avant toute sanction donnée. Une autre conséquence du même principe, seroit que les Chambres ne fissent connoître, soit leur acceptation ou leur refus, soit les changemens qu'elles croient devoir proposer aux projets de loi, que sous la forme d'un conseil adressé au souverain, de même qu'en Angleterre le *veto* royal est exprimé par une formule qui n'annonce qu'un examen plus attentif des propositions du parlement. Ces formes salutaires ne sont point indifférentes, elles passent dans les habitudes du peuple, et y deviennent les titres ineffaçables du pouvoir.

De ce que la loi doit être délibérée sous les yeux du Roi avant d'être soumise à la délibération des Chambres, résulte l'institution constitutionnelle du conseil d'Etat qui n'est, suivant moi, qu'une des conditions implicites de l'initiative royale. Ainsi ce conseil me paroît une extension du ministère appliquée principalement à la préparation des lois. Ses attributions dans les affaires contentieuses et administratives sont distinctes, mais n'impliquent pas contradiction dans un système où le monarque exerçant le pouvoir dominant doit, par là même, être le principe unique de toute administration. Cependant, pour remplir entièrement sa destination, le conseil d'Etat me sembleroit devoir être plus identifié à l'action de la royauté sur les assemblées législatives, et le choix de ses membres finira, je pense, par devenir la manifestation constante de la volonté royale dans les Chambres (1). Dans un ordre de choses, en

(1) Une fraction considérable du conseil d'Etat devroit avoir, il me semble, pour attribution exclusive, la prépa-

effet, où les ministres sont en dehors de ces assemblées, il faut que la pensée du gouvernement y ait d'autres appuis et d'autres organes, il faut que le ministère y obtienne une force qui remplace celle que l'on voit résulter en Angleterre de l'identité ministérielle des majorités parlementaires.

Je viens de dire que l'administration devoit, en France, se trouver exclusivement placée entre les mains du Roi. Elle ne peut, en effet, comme sous l'aristocratie anglaise, être remise à l'autorité des prééminences locales, et la forme élective répugneroit trop au principe qui constitue, dans les monarchies constitutionnelles, les droits du pouvoir exécutif. Tous les systèmes contraires que l'on a proposés me paroissent toujours fondés sur cette pétition de principes, qu'il existe dès à présent parmi

---

ration des projets de lois, et se composer presque entièrement à chaque session des députés choisis par le Roi, parmi ceux qu'il croiroit les plus propres à éclairer et à seconder les vues de son gouvernement ; ainsi ces projets, qui ne peuvent constitutionnellement être confondus avec les actes auxquels s'applique la responsabilité ministérielle, ne seroient pas non plus la volonté royale discutée et contredite, mais l'action initiative de la royauté dans l'exercice du pouvoir législatif.

nous une aristocratie capable de seconder l'action du pouvoir monarchique.

A l'égard des libertés que la Charte concède, et dont les lois doivent régler l'usage, je serai, comme sur tout autre point, d'accord avec moi-même et avec le principe d'équilibre auquel je soumets l'inégale répartition de forces entre les pouvoirs de la société. Une aristocratie dominante, dont la force est toute cachée par les moyens d'influence qui la conservent, peut, il me semble, braver les effets de la licence démocratique, bien autrement redoutable pour les droits convenus et définis de la royauté. Je pense qu'encore ici la Charte n'a pu tout dire, et que son langage ne doit avoir pour interprète que l'esprit même de notre constitution monarchique. Lorsque l'on y voit, par exemple, que des lois seront faites pour réprimer les délits de la presse, on n'y lit point la définition de ces délits, et sans doute ils ne peuvent être les mêmes chez tous les peuples et dans tous les gouvernemens. L'imprimerie, en fournissant un moyen de répandre subitement au loin sa pensée, a fait naître dans la société une force jusqu'alors inconnue, et dont l'usage, comme celui de toutes les autres, demande à être renfermé dans les bornes que prescrit l'intérêt public. Mais cet intérêt varie selon le principe du gouvernement et l'organisation de la société. Dans un pays où un certain nombre de familles sont seules appelées à la conduite et à la discussion des affaires publiques, la manifestation des opinions populaires, par les discours et par des écrits, peut n'avoir aucune prise sur cette force collective. Dans un État où le pouvoir ne repose que sur une constitution écrite et sur des droits à peine reconnus, les mêmes attaques produiroient bien d'autres effets, et demanderoient d'autant plus de sauve-gardes, que ce ne seroient point autant les hommes que les institutions mêmes qu'il s'agiroit de protéger.

Si la composition des assemblées qui concourent aux actes législatifs m'a déjà offert l'occasion de remarquer les différences qui existent à cet égard entre les deux pays, je dois, de plus, indiquer le rapport de ces différences avec l'action du pouvoir dominant. En Angleterre, la division de l'aristocratie parlementaire, en chambre héréditaire et chambre élective, donne à la fois à cette aristocratie et l'avantage des droits permanens dont jouit la classe patricienne des républiques aristocratiques, et celui d'un renouvellement par lequel elle s'associe toutes les autres classes de citoyens, soit par leur admission dans le parlement, soit par la part qu'ils prennent aux élections. Dans notre monarchie constitutionnelle, le pouvoir royal a dû diviser la représentation pour trouver dans l'une des Chambres la fixité des intérêts monarchiques, et consulter dans l'autre la marche variable de l'opinion. Mais comme, de ces deux principes, peuvent résulter les divergences que préviennent en Angleterre les intérêts communs d'une même aristocratie, il étoit à desirer que la Chambre des Pairs fût ouverte à des admissions plus fréquentes, ce qui avoit lieu par les pairies viagères, et que la Chambre des Députés se perpétuât le plus possible, ce qui résultoit de son renouvellement partiel. La stricte exécution de la Charte présentoit donc un ensemble de choses parfaitement d'accord entre elles et les déviations par lesquelles on a voulu se rapprocher davantage des institutions anglaises, semblent plutôt être commandées par les contre-sens de l'opinion que par une nécessité réelle (1). Si l'on s'en étoit tenu à suivre la première pensée du législateur, la Chambre des Pairs n'auroit été qu'un conseil de notables choisis

(1) Ceci étoit écrit avant la proposition faite pour substituer le renouvellement intégral de la Chambre des Députés à celui qui s'est opéré jusqu'ici par cinquième. Je suis loin de vouloir opposer des systèmes plus ou moins plausibles au sentiment du péril qui a conseillé une mesure, dont l'objet est d'affranchir le pouvoir des craintes auxquelles il est annuellement livré; et le salut public sera toujours à mes yeux la suprême loi. Il doit m'être toutefois permis de remarquer que si le mode d'élection, dernièrement adopté, n'avoit pas exclu tous les intérêts conservateurs de la société, l'on n'auroit point eu à craindre les variations et les secousses contre lesquelles on cherche à se prémunir; que le renouvellement, légalement intégral, est en réalité très-partiel dans le parlement d'Angleterre, où chaque élection ne change pas ordinairement un sixième de la Chambre des Communes; et qu'ainsi nos voisins retirent de la stabilité des influences tout l'avantage que la Charte avoit cherché dans la réélection fractionnaire; qu'enfin il n'est point de système d'élection, sans en excepter le système actuel, qui, après deux ou trois expériences, ne donnât chaque année à peu près les mêmes résultats, bons ou mauvais. Ce qui prouve que l'instabilité des choix tient bien moins à la fréquence des

par le Roi dans la nation entière, et la Chambre des Députés une autre assemblée de notables élus par chacun des départemens. Dans cette supposition, les deux Chambres se composoient d'élémens assez homogènes; ce qui, d'une part, se concilioit avec l'absence de

---

élections, qu'à l'instabilité même des systèmes, des lois et des intérêts qui les ont dirigées tour à tour. Il ne faut d'ailleurs, pour s'en convaincre, que jeter un coup d'œil sur les partis qui divisent aujourd'hui la Chambre élective. Chacun d'eux exprime et représente l'une des majorités produites par l'un des trois modes d'élection essayés depuis la seconde restauration; le côté droit, celle de 1815; le centre, celle de 1816; le côté gauche, celle qui doit résulter de la nouvelle loi. Le plus ou moins d'éloignement que l'on remarque entre ces fragmens de majorités, vient du plus ou moins de différence qui a existé entre l'une ou l'autre forme d'élection. Ainsi les députés de 1816, élus d'après la simple modification des règles observées en 1815, présentent plus d'analogie et plus de point de contact avec leurs prédécesseurs qu'avec les nouveaux députés. L'état de lutte et, pour ainsi dire, d'impuissance législative qui se manifeste dans la session actuelle, s'explique par l'existence des majorités tronquées et de la majorité incomplète qui s'y balancent en minorités. Mais tout concourt à faire connoître l'identité des résultats que présenteroit un même système de renouvellement, lorsque, par deux ou trois épreuves, les partis s'y seroient mis en possession de toute leur influence.

rangs et de distinctions qu'offre maintenant en France l'état de la société, et de l'autre amenoit l'identité de doctrines et d'intérêts indispensables dans une représentation divisée. Ce n'étoit pas, comme en Angleterre, une aristocratie héréditaire et élective, mais une *notabilité* choisie par le Roi et par le peuple, seule nature de représentation qui puisse, il me semble, réunir en France les influences paisibles et salutaires appelées à maintenir l'ordre public. La Chambre haute alors, comme la royauté même, représentoit les intérêts généraux de l'Etat, tandis que la seconde Chambre auroit réuni les organes de tous les intérêts particuliers.

Je sais combien un tel système blessera certaines préventions, enfantées par l'étude superficielle des gouvernemens représentatifs. On retombera, à cette occasion, dans l'éternelle méprise qui fait penser que la Chambre des Pairs ne peut renfermer trop d'aristocratie, puisque tel est son objet, tandis qu'on doit laisser la Chambre des Députés se former d'élémens purement démocratiques. Ce contraste, s'il existoit, rendroit le gouvernement impossible, et chacun peut s'éclairer sur ce point par l'effet que produit la moindre apparence de désunion entre les Chambres. Les publicistes modernes ont fondé toutes leurs théories sur la supposition d'une perfection d'intelligence qu'ils nomment la raison des peuples, et qui ne leur fait jamais tenir compte d'aucun danger résultant de l'effort des intérêts collectifs. On ne conçoit pas comment, dans leur système, ils n'ont pas démontré l'inutilité des gouvernemens, ou du moins l'inutilité de ceux qui n'émanent pas immédiatement des majorités populaires toujours, à leur avis, si justes et si modérées. Mais l'expérience nous désabuse de ces flatteuses chimères. Les sociétés ne reposent que sur la répression des intérêts qui tendent à les troubler. Cette répression cependant ne doit point être le résultat d'une lutte où ils seroient sans cesse armés l'un contre l'autre, mais d'une règle dans laquelle chacun d'eux trouve à la fois des garanties et des limites. Plus la Chambre aristocratique, dans une monarchie constitutionnelle, renferme de hautes influences, plus l'esprit et la marche de la constitution introduira d'aristocratie dans la

Chambre populaire, comme cela se voit en Angleterre. S'il arrivoit, au contraire, qu'une des assemblées représentatives fût exclusivement formée dans l'intérêt dominant de la démocratie, la Chambre aristocratique ne le seroit bientôt plus que de nom. La force des choses, si périlleuse à ne pas devancer dans les institutions de la société, soumettra toujours à une sorte de niveau la condition des hommes appelés à exercer un pouvoir égal dans les affaires publiques. Il faut que la Chambre des Pairs devienne aristocratique, chacun en demeure d'accord; mais il faut que la Chambre des Députés embrasse elle-même toutes les prééminences locales. Il faut, surtout, que le pouvoir dominant y ait sa part assurée d'intervention et d'influence, si l'on veut cimenter un ordre de choses où l'unité doit résulter de la distinction, et non de l'opposition des intérêts.

Dans un tel système, comme dans celui de la constitution d'Angleterre, quoique par des moyens différens, on donne à la démocratie la place qu'elle doit occuper, dans la monarchie constitutionnelle, aux dernières bornes de la puissance, pour l'environner de barrières qu'elle ne puisse franchir, mais qui n'en arrêtent pas l'action. L'aristocratie reçoit la part active qui lui est réservée dans la discussion des intérêts publics, mais seulement par l'assentiment des autres pouvoirs. Enfin, la royauté continuant, pour ainsi dire, l'action créatrice par laquelle elle seule a pu fixer tous les droits et tous les intérêts que la Charte a garantis, est le mobile nécessaire qui dirige tous les ressorts de la machine politique.

En s'écartant de ces principes, en cherchant dans la Charte, non les élémens d'une monarchie constitutionnelle, mais d'une démocratie royale, on place la nation dans une situation forcée, d'où l'invincible nature ne tardera pas à la faire sortir. Ceux qui ne cessent de sonner l'alarme, en se prétendant menacés par les vieilles doctrines de la vieille monarchie, savent qu'ils conjurent un péril imaginaire, et le dédain qu'ils affectent quelquefois pour un parti qu'ils nomment *anti-national* trahit suffisamment la fausse terreur dont ils se disent atteints. Que veulent-ils donc? contre quel ennemi dirigent-ils cette hostilité masquée par une feinte défensive? Ils demandent plus de liberté, des institutions et des lois plus populaires ! Le jury ne les rassure pas contre le retour des anciens parlemens ! la liberté de la tribune, celle des pétitions et des écrits contre les abus de l'autorité ! Et de ce qu'un certain nombre de citoyens, après s'être opposés aux mouvemens politiques qui ont changé la face de la France, n'ont point encore assez distingué des calamités et des injustices dont ils ont été victimes, les résultats qu'un intérêt universellement reconnu prescrit de consolider, ils les signalent comme les artisans des complots les plus dangereux ! Il faut y songer. La nation demeure, il est vrai, jusqu'à présent étrangère à ces agitations simulées ; mais on doit se rappeler que des institutions naissantes ne peuvent soutenir les secousses qui n'ébranleroient pas un gouvernement mieux affermi, et la situation présente de la France ne peut rendre indifférens à son avenir l'égarement des fausses doctrines et l'animosité des partis.

CHAPITRE VI.

Des opinions dans une Monarchie constitutionnelle ; de celles qui règnent en France. — Conduite du gouvernement. Conclusion.

De la discussion publique des intérêts de la société doivent infailliblement naître, dans tous les gouvernemens libres, la diversité des opinions et l'opposition des partis ; mais, dans la monarchie constitutionnelle, l'unité du pouvoir dominant donne à cette opposition une marche systématique et un but uniforme qui en ôtent tout le danger. Ce n'est plus comme à Rome, dans les querelles du sénat et du peuple, un pouvoir qui lutte contre un pouvoir ; c'est le gouvernement entier, représenté par le souverain et la majorité des assemblées législatives, qui résiste à l'hostilité constante de la minorité ; en un mot, c'est l'effet ordinaire et régulier *de la délibération perpétuelle et nationale* des affaires publiques. Et que l'on remarque ici dans la destination naturelle que reçoivent de cet ordre de choses les divers pouvoirs de la société, une preuve fournie par la pratique des constitutions représentatives, à l'appui des principes que j'ai reconnus plus haut pour en être la véritable base. Cette lutte des partis engagés en présence de la nation qui les juge, doit, pour ne pas devenir celle des pouvoirs, s'établir dans des assemblées formées d'élémens à peu près homogènes. Mais si les opinions de ces partis sont soumises à un jugement national, il faut, pour que ce jugement n'annulle point la force et l'intervention de la royauté, que les assemblées, où les partis ont leurs organes, soient plus ou moins aristocratiques, parce que l'aristocratie laisse au monarque sur une classe distincte et définie, une influence impossible à exercer sur la nation tout entière. Le pouvoir royal, comme on voit, doit donc servir de limite et de frein à l'aristocratie; celle-ci exercer, pour le peuple et par le peuple, le droit de le représenter ; et le peuple n'exercer lui-même que le droit de choisir, dans un ordre d'influences graduelles qui remontent au chef de l'Etat, les représentans appelés à défendre ses intérêts. Sortez de cette action mutuelle et simultanée des pouvoirs ; isolez le trône en annulant l'aristocratie ; placez la démocratie non seulement dans les élections, mais dans les assemblées électives ; rapprochez tellement la condition des électeurs de celle des élus, qu'un intérêt affranchi de toute influence dirige les suffrages ; vous n'aurez bientôt plus ni monarchie, ni liberté ! La voix des partis ne provoquera plus seulement l'examen sévère des actes du gouvernement ! Le cri des factions soulèvera tous les élémens de trouble et de destruction contre les principes même et les garanties du pouvoir !

L'application de cette doctrine à la marche du gouvernement royal en France, doit laisser de vives inquiétudes à tous les amis de la monarchie.

La Charte a défini et fixé des droits et des intérêts préexistans. Elle n'a pu toutefois déterminer leur force relative, ni par conséquent en régler complètement l'action. On a beaucoup blâmé ceux qui ne la considéroient que comme une transaction entre les partis. Telle a été cependant l'origine de la plupart des constitutions ; et, comme les partis représentent ou des droits ou des intérêts, je ne sais pourquoi elles auroient d'autres bases et un autre objet. Mais il leur faut de plus des garanties qu'il ne dépend pas du législateur de leur donner, parce qu'elles ne les trouvent que dans leurs résultats mêmes. Ceux de la Charte constitutionnelle devoient être l'affermissement de la monarchie et des doctrines monarchiques, par des moyens qui ne portassent point atteinte à la liberté. Voyons si ce but a été rempli, ou si du moins nous nous en sommes approchés.

Deux opinions ont divisé la France à la naissance de nos troubles civils : celle des partisans de la monarchie et celle des hommes qui vouloient, ou la détruire, ou la fonder sur des principes qu'elle ne peut admettre. Le triomphe de ces derniers n'ébranla cependant pas leurs adversaires, et il n'y eut de véritable défection dans les partis, de véritables changemens dans les opinions qu'à l'époque où l'établissement du despotisme militaire déjoua également tous les systèmes et toutes les espérances. La république n'étoit plus. La cause du Roi paroissoit irrévocablement perdue. Mais les dépouilles de la monarchie restoient à ses ennemis ; mais les royalistes opprimés voyoient dans l'intensité du pouvoir une égide contre les désordres dont ils avoient été si long-temps victimes. L'usurpation de Buonaparte réduisit à un très-petit nombre les réfractaires qui, dans l'une et l'autre opinion, persistèrent à désavouer son autorité. Sa chute, en faisant disparoître les causes de cette union forcée des partis, fit revivre leurs anciennes dissensions, mais avec cette nouvelle circonstance, que l'armée continua quelque temps d'appeler de tous ses vœux un nouvel état de guerre, et que le peuple ne manifesta, au contraire, qu'un extrême besoin de repos.

Cependant, le gouvernement royal ne parvint à s'appuyer ni du concours des royalistes, ni des dispositions pacifiques du peuple. La soumission feinte ou conditionnelle des artisans de révolution leur permit de semer des défiances dont l'ambition de l'armée se hâta de recueillir le fruit. Soudain, une alliance monstrueuse entre la puissance du sabre et les dogmes de la démocratie, replaça dans une situation précaire et forcée, le conquérant déchu, qu'une nouvelle victoire de l'Europe ne tarda pas à renverser encore. C'est à dater de cette époque, que l'on doit étudier en France la marche de la monarchie constitutionnelle, c'est de ce moment que les opinions ont manifesté leur véritable influence, et que le gouvernement a pu chercher les moyens de s'en prévaloir, de les combattre ou de les diriger.

Il n'entre point, on le voit, dans mon plan, d'entreprendre un tableau historique des événemens qui ont rempli les quatre années qui viennent de s'écouler. Mon but est uniquement de saisir et d'observer l'action mutuelle des opinions sur le pouvoir et du pouvoir sur les opinions. Tel est, en effet, il me semble, tout le secret de notre situation passée et présente.

La seconde usurpation avoit amené, pour ainsi dire, le recensement des partis. Il étoit désormais facile de reconnoître dans chacun d'eux les causes qui les faisoient agir, leurs chefs, leur but, et la sphère de leur influence. Les ministres, que le Roi appela dans son conseil, avoient donc, pour faire choix de leurs moyens de gouvernement, un important avantage qui manquoit à leurs prédécesseurs. La défection des cent-jours avoit dévoilé tous les sentimens et rompu tous les pactes simulés où l'autorité pouvoit rencontrer autant de piéges.

Il n'est donc pas étonnant que le premier caractère de la seconde restauration dut être celui d'une *réaction*, en ce sens, que le Roi devoit placer là où il croyoit avoir besoin de fidélité, les hommes qu'il avoit éprouvés fidèles. Il est également facile de comprendre que, soit les mesures prises dans cette vue par le gouvernement, soit l'idée si naturelle et si générale qu'il lui étoit indispensable de les prendre, aient donné au parti royaliste une tendance inévitable vers une épuration représentée depuis comme une implacable intolérance. Je ne sache pas non plus que dans l'espèce d'interrègne où la renaissance du pouvoir royal mit, pour quelques instans, la France entière, lorsque les autorités locales n'étoient plus, ou n'étoient pas encore, il y ait rien d'étonnant à ce que des ressentimens, des vengeances de parti aient occasionné quelques violences impunies. Mais parmi ces représailles, texte de tant de reproches et d'outrages, en trouve-t-on une seule qui ne soit pas le simple effet de l'effervescence populaire? Le parti royaliste compte-t-il parmi les hommes qui se sont fait un nom dans la carrière de la fidélité, un seul fauteur de désordres et d'assassinats? Nommera-t-on un acquéreur de biens nationaux, immolé par celui dont il possède aujourd'hui l'ancien patrimoine, et toutes les acquisitions garanties par la parole royale n'ont-elles pas été scrupuleusement respectées dans cette Vendée où l'abnégation des intérêts armés présente le phénomène le plus admirable qu'ait jamais offert l'histoire des discordes civiles? C'est cette réaction, néanmoins, qu'une opinion, hautement avouée, signale comme une seconde terreur, semblable en tout à celle de 1793, et cet outrage, à la raison, est un des caractères les plus alarmans de l'audace avec laquelle agissent ouvertement les partis. Quoi qu'il en soit, il arriva, lors de la seconde restauration, que par une singulière méprise, l'on chercha dans l'opinion deux espèces de forces différentes que l'on voulut se donner séparément pour appui: celle des doctrines, et celle des intérêts. L'essor qu'une anarchie momentanée avoit rendu aux principes des gouvernemens populaires, fit croire que la Charte devoit s'en rapprocher davantage, et l'on proposa dans ce sens, et pour cet objet, la révision de plusieurs de ses articles; l'on priva le Roi des moyens d'influence que lui donnoit la pairie viagère, et l'on voulut ajouter à la force de la Chambre élective, en augmentant le nombre des députés; d'un autre côté, les partisans de la démocratie s'étoient montrés, dans ces jours de violence et de calamités, les plus ardens ennemis de la maison de Bourbon : on travailla à les écarter des assemblées législatives, où l'on sentit le besoin d'appeler, au contraire, tous les anciens amis de la monarchie ; ainsi l'on plaçoit dans un système, pour en régler et en développer l'action, ceux que leurs idées, leurs habitudes et leurs sentimens en éloignoient davantage. On prétendoit se servir des hommes les plus essentiellement monarchiques, pour fortifier l'esprit de la démocratie. Un contre-sens aussi palpable devoit bientôt produire son effet naturel. Le ministère qui avoit conçu un tel projet, croula devant son ouvrage, et les élections du mois d'août 1815 suscitèrent ces difficultés, qui ont provoqué l'année suivante la dissolution de la Chambre des Députés.

A Dieu ne plaise que je veuille ici entreprendre l'apologie de ceux qui pensèrent alors que l'opinion et la cause des royalistes pouvoient avoir une force indépendante de la volonté du Roi! Je ne juge point ici la conduite des hommes, mais le principe, l'ordre et la conséquence des événemens qui les dominent et les entraînent, et c'est la loi d'impartialité la plus sûre que l'on puisse observer. A peine l'ordonnance du 5 septembre 1816 avoit-elle paru, qu'une clameur, excitée par l'esprit de parti, poursuivit comme des perturbateurs de la paix publique les royalistes qui, sur les bancs de législateurs, avoient contrarié les intentions clémentes du Roi, provoqué l'expulsion des régicides, demandé une rigoureuse épuration des tribunaux, en un mot, opposé leurs défiances à la généreuse magnanimité du souverain. Une prétention chimérique qui semble avoir égaré plus d'une fois le gouvernement, c'est de vouloir ne rencontrer aucun obstacle dans les opinions dont l'expression libre entre dans le principe même de la constitution. On ne pouvoit accuser ni les royalistes de laisser éclater leur aversion et leurs méfiances envers les partisans de la révolution, ni les partisans de cette révolution, de poursuivre en irréconciliables ennemis ceux dont ils n'ont pu achever entièrement l'humiliation et la ruine. Cette hostilité constante des partis est une condition et non point un accident de notre existence sociale, telle que la révolution l'a faite. Il en résulte la nécessité d'un pouvoir dominant, que l'intérêt de tous doit placer dans la royauté. Mais l'objet de la royauté est de comprimer les partis, et non de chercher à en établir l'équilibre par de périlleuses compensations. Le jour où le Roi, usant de sa prérogative, a dissous la Chambre de 1815, et révoqué la proposition de réviser la Charte, il a pu adopter une indispensable mesure de salut. Celui où les écrits, soumis à la censure ministérielle, ont dénoncé comme les adversaires les plus dangereux du gouvernement royal, comme des factieux et des conspirateurs, les hommes dont le tort étoit d'avoir dépassé le but que le Roi leur avoit proposé, une grande faute a été commise, et de grands intérêts ont été sacrifiés à de petits ressentimens. Ce n'est pas que je fasse aux ministres d'alors, un crime de cette imprudence, et que je ne m'explique pas aisément comment leur expérience même a pu les égarer dans une conjoncture toute particulière et toute nouvelle. Accoutumés à la marche des gouvernemens qui, sans excepter celui de Buonaparte, tiroient leur unique force des effets de la révolution et du mouvement qu'elle imprimoit aux esprits, ils ne pouvoient guère considérer de plus loin, ni de plus haut l'antique et majestueuse autorité dont ils étoient dépositaires. La politique des expédiens, qui est celle des gouvernemens passagers, et qui a si longtemps démenti les apparences de force et de stabilité offertes par le despotisme d'un conquérant, a continué de rétrécir, dans un cercle environné de mille écueils, la marche et l'action du pouvoir; de là cette absence de toute doctrine positive au milieu des opinions les plus actives et les plus contradictoires; cette influence des hommes et cette négligence des règles, ces succès imprévoyans contre les difficultés présentes, et cette craintive incertitude sur les périls à venir; en un mot, ce système de compensation que bien des gens tiennent pour la marche intermédiaire la plus sûre entre les passions et les intérêts de parti, mais qui n'offre le plus souvent que des disparates destructives de toute confiance et de toute foi politique.

La restauration avoit offert à la partie saine

de la nation française deux objets indispensables à se proposer, l'accomplissement de la Charte qui seul pouvoit garantir la paix des partis et l'affermissement de la maison de Bourbon, qui seul devoit assurer celle de l'Europe. Une politique plus timide n'aperçut que le besoin de rassurer les nouveaux intérêts, et d'embrasser les doctrines nouvelles. Un tel système favorisoit les vues de ceux qui ne considèrent la royauté que comme une magistrature constitutionnelle, dont un accident a investi une famille, et qu'un autre accident peut en dépouiller. Mais cette doctrine, à l'aide de laquelle on a voulu faire envisager comme autant d'actes irréprochables toutes les défections et tous les parjures, est, comme on voit, directement opposée à la cause d'une race antique, qui place au premier rang de ses droits son hérédité légitime.

Sans doute le prince, qu'un si long exil, que tant de catastrophes sanglantes avoient tenu éloigné d'une nation à laquelle sa présence rendoit enfin le repos, ne devoit pas s'y montrer en chef de parti; mais il ne pouvoit non plus y régner à d'autres titres qu'à ceux qui lui étoient propres, et qu'il tenoit de ses ancêtres. En adoptant une autre forme de gouvernement, une autre hiérarchie sociale, un autre ordre de propriétés, il n'avoit point à légitimer les causes de ces grands changemens. On ne peut trop le répéter, la Charte royale étoit une transaction, qui, comme tous les traités, ne statuoit qu'à l'égard du présent et de l'avenir, mais ne pouvoit rien sur le passé. Il étoit insensé de prétendre que la révolution, ennemie de la maison régnante, en fût tout à coup devenue l'alliée. Ces fictions, qui blessent la raison la plus commune, ont le danger de répandre sur tout ce qui les accompagne les doutes et les défiances qu'elles ont produites. En montrant aux peuples des princes qui n'ont jamais juré en vain, acceptant, ratifiant, sous la garantie commune de la parole royale et des intérêts nationaux, ce que la révolution avoit apporté de modifications dans les institutions, dans les lois, dans l'état des personnes et des propriétés, on adoptoit pour principe de gouvernement une sorte d'*uti possidetis* analogue à celui qui confond souvent, après une guerre opiniâtre, les droits de la justice et les succès de la fortune; on plaçoit la maison de Bourbon dans l'attitude noble, vraie et rassurante qui lui convenoit uniquement; mais, en voulant au contraire réaliser la chimérique espérance d'appuyer la transmission légitime du pouvoir sur les opinions qui en cherchent ailleurs la source, de rencontrer la force de la royauté dans ceux qui ont épuisé contre elle tous leurs efforts, en un mot de montrer le règne de Louis XVIII comme le dernier succès des hommes et des maximes qui ont renversé le trône de son malheureux frère, l'on tomboit dans un abîme d'inconséquences où il étoit impossible d'entraîner la crédulité la plus aveugle. La distinction indispensable à faire entre les garanties d'une restauration et celle d'une puissance nouvelle n'a jamais été bien sentie. On a pensé que l'héritier de Louis XVI pouvoit s'adresser aux mêmes intérêts, aux mêmes jalousies, aux mêmes ambitions que l'héritier de la révolution. Erreur fatale, qui n'a présenté la France au Roi et le Roi à la France que comme deux ennemis réconciliés qui devoient dissimuler ou pallier l'un à l'autre leurs griefs et leurs injures, au lieu de leur inspirer la confiance mutuelle que commande la vérité, soit lorsqu'elle rend hommage à la justice, soit lorsqu'elle fléchit devant l'impérieuse nécessité.

Le résultat le plus déplorable de cette fausse et timide politique est la manière dont elle a laissé se former les partis qui divisent aujourd'hui la France. Pour n'avoir pas voulu donner au gouvernement une opinion positive, qui, dès la renaissance du pouvoir royal, expliquât comment et à quelle condition ses immuables intérêts pouvoient protéger des intérêts nés d'une cause et d'une doctrine étrangère, on s'est vu contraint de l'isoler au milieu de toutes les opinions, et successivement de les exclure toutes, en ne s'appuyant que sur les vues raisonnables ou intéressées qui les tempèrent chez un petit nombre d'individus. Mais il ne faut que réfléchir un instant pour découvrir combien une telle marche, la meilleure sans doute pour une dictature chargée d'imposer silence à toutes les animosités, de comprimer toutes les factions, de produire, en un mot, *l'union et l'oubli*, par la seule action du pouvoir, convient peu à une monarchie constitutionnelle. Dans le premier de ces deux régimes, la paix, le silence, la soumission, sont pour tous une nécessité; mais il est naturel que l'autorité s'appuie de préférence sur ceux pour qui cette nécessité est en même temps un acte libre et volontaire. Dans un pays au contraire où la liberté d'agir, de parler et d'écrire est sans bornes, la modération est une vertu, ou, si l'on veut, un principe que personne ne peut conserver long-temps. Frappées des excès et des exagérations qui attaquent tour à tour et envahissent l'opinion, les imaginations les plus tranquilles s'épouvantent, et cherchent vers quelque extrême opposé la sécurité qu'elles ne trouvent plus dans la ligne intermédiaire dont s'écartent de plus en plus les partis. Ainsi la même disposition d'esprit, qui, sous un pouvoir absolu, auroit gagné sur toutes les opinions un empire d'où naîtroient le repos et la stabilité, produit dans le régime de la liberté ces alternatives et ces oscillations perpétuelles qui n'enfantent que l'agitation et l'incertitude. J'ai entendu dire quelquefois que le Roi devoit garder, à l'égard de toutes les opinions, la même neutralité que le gouvernement impérial qui avoit par là réussi à opérer la fusion des partis ; mais c'est dire en d'autres termes qu'il falloit que le Roi fût investi de la même force et de la même puissance. Les gouvernemens qui permettent l'offensive contre le pouvoir, sont contraints de choisir leurs amis et leurs ennemis.

Ces gouvernemens, comme je l'ai dit plus haut, ont à subir une autre nécessité, c'est la division des partis; mais cette vérité, devenue triviale, qu'une opposition est inhérente à la monarchie constitutionnelle, ne doit pas toutefois rassurer sur celle que rencontre parmi nous le gouvernement du Roi. L'on a eu déjà occasion de remarquer que, dans la monarchie constitutionnelle, la lutte des partis ne devoit jamais devenir celle des pouvoirs de la société, c'est-à-dire qu'elle doit avoir une action à peu près égale et uniforme dans toutes les parties du corps politique, pour n'en pas déranger l'équilibre. Il n'en est point ainsi de notre situation présente; et il ne faut que jeter un coup d'œil sur la consistance et le caractère distinctif des opinions qui nous partagent, pour se convaincre du principe de dissolution qu'y présente le conflit des intérêts sociaux.

Au lieu de réprouver les hommes et les systèmes contraires aux vues du gouvernement, on a retrouvé, dans les habitudes révolutionnaires, toujours prêtes à reprendre leur empire, une de ces formes de proscriptions générales qui embrassent des classes entières de citoyens, et l'on a flétri du nom d'ultra-royalistes tout ce qui, parmi les sujets du Roi, avoit eu à souffrir des événemens qui l'avoient si longtemps poursuivi lui-même. Cette nouvelle loi des suspects atteint, non comme il y a quelques années, pour la mort ou l'exil, mais pour une exhérédation complète de toute participation aux avantages d'une société politique, ceux que leurs pertes constituent en état d'antipathie supposée envers la révolution; car ce n'est pas la Charte, c'est la révolution pour laquelle il faut, selon certaines gens, professer respect et attachement. Or, l'usurpateur, qui avoit tenté pendant plusieurs années de fonder à son profit la monarchie, n'avoit pas eu cette prétention singulière d'en exclure les hommes et les intérêts monarchiques. Il lui falloit, il est vrai, leur faire tolérer son usurpation; mais il lui falloit de plus faire absoudre aux partisans de la démocratie, non seulement le titre, mais la nature même de son pouvoir. Les royalistes proscrits et dépouillés rentrèrent donc dans leurs propriétés et dans leurs droits politiques; c'est ainsi que les retrouva le gouvernement royal, et c'est ainsi que l'anathème lancé indistinctement sur toutes les opinions et tous les intérêts anti-révolutionnaires, a suscité entre les rangs de la société l'opposition qui ne devoit exister qu'entre les opinions. Les organes même du gouvernement ont dénoncé et poursuivi les intérêts de caste, et les prétendus regrets de priviléges. Une injuste maladresse a augmenté les défiances, déjà trop naturelles, dont les royalistes devoient être environnés; et, lors même que quelques uns, que la plupart d'entre eux les eussent excitées par leur langage et leur conduite, on a encore à se reprocher d'avoir encouragé ces funestes préventions.

Du principe d'exclusion que je viens de signaler, on a tiré la conséquence que l'influence de la société étoit uniquement dans la classe mitoyenne, et l'on a ainsi manifesté une dissidence avouée entre le gouvernement et les intérêts de la propriété. Mais ne peut-on puiser dans l'histoire des peuples, dans l'expérience des âges, des règles plus infaillibles que dans la condition passagère d'une société où se font partout ressentir les conséquences du plus terrible bouleversement qui ait jamais changé la face d'un empire? L'influence de la classe mitoyenne est bannie, pour ainsi dire, de la constitution anglaise, parce qu'elle doit s'y confondre avec la partie populaire de cette constitution. Si elle domine parmi nous, n'est-ce pas une conséquence de la jalousie qui existe envers les classes supérieures; et cette jalousie sera-t-elle considérée par le gouvernement lui-même comme un gage de force et de durée? L'on a prétendu bien faussement que cette classe intermédiaire étoit essentiellement amie du repos. Sans doute elle est essentiellement intéressée à conserver les avantages qu'elle a, plus que toute autre, obtenus par la révolution. Mais cette disposition manifeste bien plutôt l'inquiétude qui cherche des garanties que la sécurité où l'on ait à les rencontrer. La monarchie constitutionnelle reposera-t-elle d'ailleurs sur les accidens de notre situation politique, et non sur les intérêts permanens de la société? Imaginera-t-on que, réalisant une nouvelle utopie, nous avons découvert le secret de faire subsister le pouvoir monarchique par l'égalité sociale? L'influence de la classe moyenne doit sans doute occuper en grande partie la place que ne peut remplir qu'imparfaitement encore une aristocratie à laquelle le temps et des institutions constitutionnelles donneront seuls la force dont elle est si évidemment dépourvue; mais l'ascendant exclusif des hommes qui, les premiers entre leurs égaux, ne cherchent qu'à rompre cette égalité, ne sera jamais un élément de paix et de conservation. La hiérarchie graduelle des conditions n'admet ni déplacemens, ni lacunes, et jamais la popularité de quelques tribuns ne remplacera, dans une constitution représentative, l'influence d'un patriciat (1).

Au reste, ce système a été loin de produire les fruits que l'on s'étoit promis. On n'a pas voulu s'étayer des forces réelles et permanentes de la société, on n'a point trouvé les appuis imaginaires d'une organisation nouvelle. La classe mitoyenne n'a offert nulle part les secours et les garanties qu'on en espéroit, et des épreuves faites sur les influences de parti, ont

---

(1) La classe moyenne ne représente point, en France, la propriété. Pour la plupart des électeurs les moins imposés, la profession et l'industrie qu'ils exercent, sont un intérêt principal, et le champ qu'ils possèdent un intérêt accessoire. Si l'on vouloit que la propriété eût la part d'intervention que devoit lui assigner la Constitution, il falloit ou que l'on eût élevé le *cens* de l'éligibilité, ce que ne permettoit pas la modicité des fortunes, ou que le choix des électeurs fut subordonné à l'assentiment, soit préalable, soit subséquent des plus forts intéressés dans l'association politique. Ici encore, la Charte suffisoit à tout. Elle ne dit pas que les citoyens payant trois cents francs de contribution, éliront les députés en tout ou en partie, mais que pour *concourir* à l'élection, pour y prendre une part quelconque, il faudra payer cette contribution.

prouvé que là où les royalistes étoient sans prépondérance, les factieux seuls dominoient l'opinion.

Dans cette situation fausse et précaire, l'on remarque toutes les parties du corps social, poussées chacune vers un but divers, mais également incompatible avec les principes de la monarchie constitutionnelle. Le pouvoir royal n'offrant ni l'exercice d'une autorité suprême et absolue, ni l'expression d'une volonté revêtue de la responsabilité ministérielle, impossible à définir dans un ordre de choses où les contestations de parti n'ont point pour véritable objet la conduite des affaires, mais l'organisation même de la société; les classes supérieures, désavouées par le gouvernement, s'efforçant en vain de se passer de l'appui qui leur est refusé, parce qu'elles ne rencontrent point en elles-mêmes une force que la constitution ne leur rendra qu'avec le secours de la modération et du temps; enfin la démocratie entraînée par la violence des passions jalouses, dont elle se nourrit, vers le but qu'elle n'a manqué que pour y venir échouer encore, aspirant à séparer la monarchie de la gradation des rangs et des influences qui en sont les bases nécessaires, c'est-à-dire conduites par une aveugle fatalité à subir le joug du despotisme qui seul peut régler les mouvemens d'une agrégation d'individus égaux en droits, et par conséquent en foiblesse. De cette perversion d'idées naît ce malaise de l'opinion, cette inquiétude vague, mais vivement sentie, qui révèle à tous l'existence d'un péril auquel chacun attribue une cause différente. Un fait toutefois à l'égard duquel on peut demeurer d'accord, c'est que notre constitution véritable, celle qui ne règle pas seulement les droits des pouvoirs constitués, dont se compose le gouvernement, mais la distribution des forces politiques, qui maintient la société, est absolument incomplète; de là l'indispensable nécessité d'embrasser dans l'administration des affaires publiques les points fondamentaux de notre existence monarchique. Alors les intérêts ne seront plus mis en opposition par l'opposition des partis, parce que les partis ne se flatteront plus de prendre aucun empire sur les principes conséquens et définis du gouvernement. On sentira le besoin d'opposer des barrières à la démocratie, dont la force inhérente au principe absolu qui la fait agir, menace à la fois toute la hiérarchie sociale. On reconnoîtra qu'en France cette hiérarchie, que l'on a cherchée dans la propriété, et que la propriété n'a point encore entièrement déterminée, sera long-temps à établir des influences constitutionnelles, et qu'il est conséquemment indispensable d'y suppléer, en investissant le Roi du pouvoir dominant que l'absence de l'aristocratie, et l'incapacité du grand nombre à exercer un tel pouvoir, ne permettent d'assigner qu'au monarque. Mais cet avantage salutaire fait à la royauté, prescrira les règles qui doivent la préserver de ses propres erreurs. L'initiative des lois sera soumise à des formes qui ne déplaceront jamais la responsabilité ministérielle, pour la faire tomber sur la majesté infaillible du souverain. On tendra à élever dans la confiance publique les hommes que leur condition et leur fortune intéressent plus au maintien de l'ordre, que leur ambition n'a d'espérances à fonder sur de périlleuses innovations. L'on cherchera surtout l'esprit conservateur qui réside dans la perpétuité des familles; et une aristocratie nouvelle, la seule que puissent admettre de nouveaux intérêts, prendra la place que lui réserve le gouvernement représentatif entre le peuple dont elle exerce toute l'action légale, et le monarque dont elle assure et limite l'autorité constitutionnelle.

IMPRIMERIE DE LE NORMANT, RUE DE SEINE.

www.ingramcontent.com/pod-product-compliance
Ingram Content Group UK Ltd.
Pitfield, Milton Keynes, MK11 3LW, UK
UKHW020931180726
13838UKWH00002B/885